ペッギイちゃんの戦争と平和

青い目の人形物語

青《あお》い目《め》をしたお人形《にんぎょう》は
アメリカ生《う》まれのセルロイド
日本《にほん》の港《みなと》に着《つ》いたとき
一杯涙《いっぱいなみだ》を浮《う》かべてた
私《わたし》は言葉《ことば》が分《わ》からない
迷子《まいご》になったら何《なん》としょう
優《やさ》しい日本の嬢《じょう》ちゃんよ
仲良《なかよ》く遊《あそ》んでやっとくれ
仲良く遊んでやっとくれ

作詞　野口雨情
作曲　本居長世

この野口雨情作詞の童謡が発表されたのは、大正十年（一九二一）ですが、日米の友情を築く意味で作られた楽曲なので、昭和二年（一九二七）にアメリカから日本に贈られた友情人形も「青い目の人形」と呼ばれるようになったそうです。（「ウィキペディア」による）

「青《あお》い目《め》の人形《にんぎょう》」にも心《こころ》のいのちが……

少年少女《しょうねんしょうじょ》のみなさんは
〝にほんのみなとへついたとき
いっぱいなみだをうかべてた〟

この歌《うた》をうたったことがありますか
〝青い目の人形〟のおはなしを
聞《き》いたことがありますか

むずかしいところは
先生《せんせい》、お兄《にい》さんお姉《ねえ》さんに読《よ》んでもらい
それから、みんなで考《かんが》えましょう

戦争《せんそう》はぜったいにしないで　いのちをたいせつに　みんな仲《なか》よく平和《へいわ》に
希望《きぼう》をもち　明《あか》るく生《い》きる　よろこびを！　しあわせを！

筑豊《ちくほう》の嘉麻《かま》市教育委員会《きょういくいいんかい》を訪問《ほうもん》したとき、廊下《ろうか》の掲示板《けいじばん》に、平和《へいわ》に関《かん》する学習《がくしゅう》のポスターがあり、その〝青い目の人形〟の写真《しゃしん》が目にとまりました。あとで小学校の校長先生からいきさつを聞《き》き、深《ふか》い感動《かんどう》を覚《おぼ》えました。

このお人形の名前は〝ペッギィちゃん〟。そこで一冊の平和を願《ねが》う絵ものがたりを描《えが》いて、未来に生きる少年少女の皆《みな》さんへ贈《おく》りたいと考えました。

ところがその後、〝青い目の人形〟はペッギィちゃんだけではなく、糸島《いとしま》市の可也《かや》小学校にルースちゃん、久留米《くるめ》市の城島《じょうじま》小学校のシュリーちゃんと、三姉妹とも思われるような人形たちがいることが分かってきたのです。

このようなことから、ルースちゃんとシュリーちゃんが、ペッギィちゃんのいる嘉穂《かほ》小学校を訪《たず》ねて行き、「この学校の児童《じどう》たちが声高らかに歌う校歌を聞いてよ……」といった場面《ばめん》も、校歌作詞者《さくししゃ》のわたくしは描《えが》きたくなりました。ささやかなわたくしの夢《ゆめ》であります。

さて、八月十五日は終戦記念日《しゅうせんきねんび》です。二〇一五年は、終戦後七十年目の大きな節目《ふしめ》の年でした。〝青い目の人形〟の願《ねが》いを汲《く》みとり、戦争《せんそう》のない平和な国であるように、仲《なか》よく〝青い目の人形〟のお話を読み、聞き、歌い、そして、平和について話し合ってみたいものです。

椎窓　猛

もくじ

表紙挿画・本文イラスト　佐野博美 ／ 本文イラスト・本文監修　有働功一

『ペッギィちゃんの戦争《せんそう》と平和《へいわ》　青い目の人形物語《ものがたり》』の出版《しゅっぱん》にあたりましては、たくさんの先生方にお力添《ちからぞ》えをいただきました。

福岡県嘉麻市　元大隈小学校長　豊福英之
福岡県嘉麻市　教育委員長　豊福晧子
福岡県嘉麻市　元嘉穂小学校長　福永貴義
福岡県糸島市　元可也小学校長　西村千恵美
福岡県糸島市　可也小学校長　松本　茂
福岡県久留米市　城島小学校長　池松康子
福岡県久留米市　元城島小学校教諭　鶴岡節子
福岡県八女郡広川町　示現会会友　有働功一（さし絵）
福岡県北九州市　福岡教育大学附属小倉小学校　内本郁美
福岡県北九州市　日本ＢＰＷ北九州クラブ　松井明子
絵詞作家　内田麟太郎
絵本作家　長野ヒデ子

ペッギイちゃん

―大隈《おおぐま》小学校（福岡県《ふくおかけん》嘉《か》穂《ほ》町《まち》）―

アメリカ生まれの青い目の人形、ペッギィちゃんが、筑豊《ちくほう》の嘉穂《かほ》町（現在《げんざい》は嘉麻《かま》市）大《おお》隈《ぐま》小学校へ来たのは、今からおよそ九十年くらい前のことで、昭和二年（一九二七）、さわやかな風が気持ちよい五月の晴れた日のことでした。

このペッギィちゃんは、洋服《ようふく》や衣装《いしょう》トランクを持ち、人形用の旅行局発行《りょこうきょくはっこう》のパスポート*に日本領事館《りょうじかん》発行のビザ*も持っていました。人形には、次のような手紙も添《そ》えられていました。

＊パスポート＝外国《がいこく》に旅行《りょこう》するときの身分証明証《みぶんしょうめいしょう》。
＊ビザ＝外国人を入国《にゅうこく》させるための許可証《きょかしょう》。

――日本の少年少女のみなさんへ

ペッギィを紹介《しょうかい》いたします。ペッギィは善良《ぜんりょう》なアメリカ国民《こくみん》です。アメリカの友情《ゆうじょう》をお伝《つた》えするため、一九二七年、三月のひな祭《まつり》を見に日本にやってきました。ペッギィはアメリカの少年少女を代表《だいひょう》して皆《みな》さまにご挨拶申《あいさつもう》しあげます。皆さま方、ペッギィが日本にいるあいだ、どうか可愛《かわい》がってやってください。何か困《こま》っているときは、助《たす》けてやってください。ペッギィは日本の法律《ほうりつ》にも習慣《しゅうかん》にも良く従《したが》います。どうぞよろしくお願《ねが》いします。

アメリカのおじさんより

この友情の人形*使節《しせつ》を日本へ贈《おく》ることを思い立ったのは、若い時から日本へきて、宣《せん》教《きょう》師《し》をしたり同志社《どうししゃ》などの大学で教師《きょうし》として働《はたら》いたというシドニー・ルイス・ギューリックさんでした。それを受け入れるのに銀行家渋沢栄一氏《ぎんこうかしぶさわえいいちし》がたいへん協力《きょうりょく》をしているといっ

＊人形使節＝お人形の外国からのお使い。

た話が伝《つた》えられています。また、アメリカの子どもたちが、三ドルほどのお小遣《こづか》いを寄《よ》せ合って、それぞれの人形の衣装代《いしょうだい》にしたという記録《きろく》も残《のこ》されています。

ギューリックさんの願《ねが》いは、太平洋《たいへいよう》の海を挟《はさ》んで向かい合っている日本とアメリカが、政治《せいじ》の問題《もんだい》をめぐって対立《たいりつ》するようになってきたのを見て、子どもたちの関係《かんけい》から、まず互《たが》いの理解《りかい》と友情の基礎《きそ》*をつくりたいということだったのです。

こうして、昭和二年（一九二七）、たくさんの人形を乗《の》せたサンフランシスコからの船「サイベリア号」が横浜港《よこはまこう》に到着《とうちゃく》しました。そのあと、船は日本全国《ぜんこく》の各地《かくち》へ向かい、一万二千体もの友情の人形が日本の子どもたちへ届《とど》けられたのです。

このとき、日本からも、この年のクリスマスに、日本の人形が「お返《かえ》しの使節《しせつ》」としてアメリカに渡《わた》り、各地で歓迎《かんげい》されたとの様子《ようす》が記録にあります。

大隈小学校に贈られてきたペッギィちゃんは、大歓迎《だいかんげい》を受《う》け、学校だけではなく、町をあげてお祝《いわ》いの式典《しきてん》が催《もよお》されました。

講堂《こうどう》の演台《えんだい》に立ったペッギィちゃんは、野口雨情作詞《のぐちうじょうさくし》の〝アメリカ生《う》まれのセルロイド〟ではなく、木くずを化学糊《かがくのり》で混《ま》ぜ合わせて型《かた》どり、油性塗料《ゆせいとりょう》で仕上《しあ》げられていました。身長《しんちょう》は四十センチほどで、寝《ね》かせると目をつぶって眠《ねむ》り、体を起《お》こすと、「ママア」と声をあげる可愛《かわい》い人形で、衣装トランクには何枚《なんまい》かの洋服《ようふく》も持っていました。

講堂には手に日の丸の旗《はた》や、アメリカの国旗《こっき》を持った子どもたちが入場してきて、先生のタクト*で、「青い目の人形」を合唱《がっしょう》しました。

＊基礎＝基本《きほん》となるもの。
＊タクト＝指揮者《しきしゃ》が振《ふ》る指揮棒《しきぼう》。

〝やさしい日本の嬢《じょう》ちゃんよ
仲《なか》よく遊《あそ》んでやっとくれ〟

このあと、校長先生は「世界《せかい》の平和《へいわ》は子どもから……」と、ペッギィちゃんが「親善《しんぜん》のお使《つか》い」として学校を訪《おとず》れてきたことをお話しされました。

その時の、ペッギィちゃんの歓迎の式を終《お》えたあとの*記念写真《きねんしゃしん》が残《のこ》されています。

それを見ると、前列《ぜんれつ》に日の丸の旗と、アメリカの*星条旗《せいじょうき》を手に持《も》つ子どもたち、二列、三列に男の先生、女の先生、おヒゲの顔は校長先生でしょうか。後ろには、大きな日本とアメリカの国旗《こっき》が交差《こうさ》されています。

その後、ペッギィちゃんは、ひな祭や学校のいろいろな行事《ぎょうじ》のたびに親しまれ、平和の親善使節《しんぜんしせつ》として活躍《かつやく》していました。

ところが、昭和十六年（一九四一）十二月八日、日本海軍《かいぐん》が、アメリカの主力艦隊《しゅりょくかんたい》が集結《しゅうけつ》していたハワイの真珠湾《しんじゅわん》を攻撃《こうげき》し、ついに日本とアメリカは戦争《せんそう》をすることになります。

その後だんだん戦争は激《はげ》しくなり、しだいに日本が不利《ふり》になった昭和十八年の頃から、「平

＊この記念写真は上町の種苗店金光邦彦さんが保存されていたそうです。
＊星条旗＝アメリカの国旗《こっき》

和の親善使節」であったはずの青い目の人形は、「竹やりで刺《さ》し、焼《や》き捨《す》てよ」と軍部《ぐんぶ》から命令《めいれい》が出ました。

その頃の学校といえば、英語《えいご》やベースボール、テニスといったスポーツ用語は禁止《きんし》となっていました。〝勝《か》ってくるぞと勇《いさ》ましく、誓《ちか》って国を出たからは……〟〝守《まも》るも攻《せ》むるも黒鉄《くろがね》の浮《う》かべる城ぞ頼《たの》みなる……〟といった軍歌《ぐんか》が朝から鳴《な》りひびくような学校の空気だったのです。

昭和２年５月、歓迎の式での大隈小学校の子どもたちと先生

そのようなとき、黒い襟章《えりしょう》をつけた*憲兵《けんぺい》と警官《けいかん》が連《つ》れだって学校へ来て、校長先生を呼び出して、「この学校にも、青い目の人形がいるだろう、子どもたちに竹やりを持《も》たせ、刺しこわし、焼き捨てよ」と、命令して帰りました。

「ママア」と抱《だ》き起《お》こせば可愛い声をあげるペッギィを、「子どもたちに竹やりで刺しこわせなどと……」と、当時の上野勝郎校長先生は困《こま》った顔で校長室へ戻《もど》り、放課後《ほうかご》、そのことで職員《しょくいん》会議をすること

＊憲兵＝とりしらべの兵隊さん

にしました。

日の丸の旗と星条旗をかかげて、ペッギィちゃんを歓迎した日から二十年足《た》らずのうちに、世《よ》の中はこんなにも変わるものか……。

ミッドウェー海戦《かいせん》で敗《やぶ》れ、山本五十六《やまもといそろく》連合艦隊司令長官《れんごうかんたいしれいちょうかん》の戦死《せんし》や、アッツ島の守備隊《しゅびたい》が全滅《ぜんめつ》と、戦争《せんそう》の雲ゆきは当時の日本にとって良くない状況《じょうきょう》となっていたのです。

集まってきた先生たちを前にした校長先生は、さっそくペッギィちゃんへの軍部《ぐんぶ》からの命令《めいれい》を伝《つた》えました。先生たちは重苦《おもくる》しい顔で皆《みな》だまっていました。

職員室《しょくいんしつ》の窓辺《まどべ》に、夕焼《ゆうや》けの雲がかげりかけた秋の暮《く》れです。

その時、女学校を卒業《そつぎょう》したばかりの若《わか》い縄田《なわた》マツエ先生が、「校長先生！」と呼びかけ、しばらくためらっていましたが、「ペッギィちゃんは、わたくしに預《あず》からせてください……」と立ち上がりました。先生たちは、ざわつき始《はじ》めました。やがて温厚《おんこう》な校長先生が、「軍《ぐん》や警察《けいさつ》には、始末《しまつ》しました、と言っておきましょう。マツエ先生に災難《さいなん》がないように、これは秘密《ひみつ》です……」

そのあと、「人形を焼きこわしたところで、戦争に勝つとは考えられない」と、先生たちもつぶやきながら、マツエ先生の言葉《ことば》に深《ふか》く感心《かんしん》していました。

これは私《わたし》の想像《そうぞう》ですが、マツエ先生は、ペッギィちゃんが大隈小学校へ親善使節としてやってきた昭和二年（一九二七）の頃《ころ》には、ちょうど小学六年生ぐらいだったかもしれません（歓迎の記念写真《きねんしゃしん》に写《うつ》っていたかもしれない）。それから十六年の歳月《さいげつ》を考えると、

マツエ先生は、女学校卒業後すぐの「＊代用教員《だいようきょういん》」としての勤務《きんむ》だったかもしれません。あの可愛い青い目の人形の歓迎の日の感激《かんげき》が、その時の「わたくしに預からせてください」という強い言葉になったのではないでしょうか。

しかし、まもなく、マツエ先生は熊本《くまもと》の人吉《ひとよし》へお嫁《よめ》にいかれます。そこで、人形のことは、弟の福沢延一郎さんに安全《あんぜん》に保管《ほかん》するように頼《たの》んでいかれたとのことです。

それから二年後の昭和二十年、日本は＊無条件降伏《むじょうけんこうふく》することになり、戦争《せんそう》は終わりました。その後、愛《あい》されたり憎《にく》まれたりの青い目の人形ペッギィちゃんは、福沢さんの家にひっそりと隠《かく》されていたことが知られて、四十年ほどたった昭和六十一年の夏、町の郷土資料館《きょうどしりょうかん》へ寄贈《きぞう》されることになりました。

ペッギィちゃんが平和の使節として、町の人びとの前に姿を見せることになったニュースを、人一倍喜《ひといちばいよろ》こばれたのは七十歳になったマツエ先生であったと語られていました。しかし、先生の夫《おっと》は戦死《せんし》されていたとのことで、戦争とはなんと無残《むざん》で悲《かな》しいものなのかと考えさせられます。

郷土資料館に移《うつ》って、町の人々の前に、変わらぬほほ笑みを見せたペッギィちゃんは、子どもたちに囲《かこ》まれた写真《しゃしん》にとられて、新聞の大きな記事《きじ》になりました。その見出《みだ》しには、〝嘉穂《かほ》町の資料館へ、軍《ぐん》の弾圧《だんあつ》に耐《た》えて　青い目の人形は生きていた〟と書かれていました。

＊代用教員＝昔《むかし》の小学校《しょうがっこう》で、免許《めんきょ》を持《も》たずに先生《せんせい》を勤《つと》めた教員《きょういん》のこと。
＊無条件降伏＝勝《か》った国《くに》に対《たい》して何《なに》も条件《じょうけん》をつけずに降伏《こうふく》すること。

郵 便 は が き

料金受取人払郵便

8 1 2 − 8 7 9 0

博多北局
承 認
0426

169

福岡市博多区千代3-2-1
麻生ハウス３Ｆ

差出有効期間
平成29年10月
31日まで

㈱ 梓 書 院

読者カード係 行

ご愛読ありがとうございます

お客様のご意見をお聞かせ頂きたく、アンケートにご協力下さい。

お名前《ふりがな》	性 別（男・女）
ご住所 〒	
電 話	
ご職業	（ 歳）

梓書院の本をお買い求め頂きありがとうございます。

下の項目についてご意見をお聞かせいただきたく、
ご記入のうえご投函いただきますようお願い致します。

お求めになった本のタイトル
ご購入の動機 1書店の店頭でみて　2新聞雑誌等の広告をみて　3書評をみて 4人にすすめられて　5その他（　　　） ＊お買い上げ書店名（　　　）
本書についてのご感想・ご意見をお聞かせ下さい。 〈内容について〉 〈装幀について〉（カバー・表紙・タイトル・編集）
今興味があるテーマ・企画などお聞かせ下さい。
ご出版を考えられたことはございますか？ ・ある　・ない　・現在、考えている

ご協力ありがとうございました。

戦争中、日米親善《にちべいしんぜん》の使節《しせつ》であったはずの青い目の人形たちは、〝敵性《てきせい》人形（アメリカの人形）〟と目のかたきにされ、竹やりで刺されたり、焼かれたりしました。しかし、「人形に罪《つみ》はない」と、心ある人に救《すく》われ保護《ほご》されている様子が、全国各地《ぜんこくかくち》で話題《わだい》になるようになりました。

それから二年ほど後に、「もともとこのペッギィちゃんは、学校の子どもたちに贈《おく》られたものだから……」という深野館長《ふかのかんちょう》さんの考えもあって、昭和六十三年五月、子どもの日に、大隈小学校へ戻《もど》ることになりました。

大隈小学校では、全校の子どもたちが体育館《たいいくかん》に集まって、「青い目の人形」を歌って、ふたたび歓迎の式を行いました。式には、マツエ先生が預けた弟の福沢延一郎さんの奥《おく》さんの敏子さん、昭和二年、ペッギィちゃんの到着《とうちゃく》を迎《むか》えたときに、この学校の高等科《こうとうか》二年生であったという七十二歳の森田浦さん、筑豊教育事務所英語指導助手《ちくほうきょういくじむしょえいごしどうじょしゅ》のアメリカ人のジェニファ・ウォーラさんも出席しました。ウォーラさんは「アメリカと日本は永遠《えいえん》の友だち、ペッギィちゃんをかわいがってください」とあいさつしました。児童《じどう》代表の六年生平島史朗君らに、深野館長さんから、ケース入りのペッギィちゃんが手渡《てわた》されると、みんなが拍手《はくしゅ》。そして平島君は力強く「人形まで刺すような戦争が起《お》きないように、人形を大切にしましょう。……長いあいだ大変《たいへん》だったね」と、あいさつ。豊福英之校長先生は「マツエ先生たちが人形を守《まも》った愛《あい》の心を想《おも》い、平和の尊《とうと》さをみんなで学び合いましょう……」と、お話しされました。

「青い目の人形」の都道府県残存 / 配布数

県名	残存数	配布数	県名	残存数	配布数
北海道	23	643	滋賀	2	135
青森	8	220	京都	7	262
岩手	14	253	大阪	4	429
宮城	8	221	兵庫	9	373
秋田	11	190	奈良	4	144
山形	11	205	和歌山	1	177
福島	17	323	鳥取	2	107
茨城	9	243	島根	2	182
栃木	4	213	岡山	3	238
群馬	19	142	広島	4	326
埼玉	12	178	山口	4	200
千葉	10	214	徳島	1	152
東京	10	568	香川	1	102
神奈川	9	166	愛媛	5	214
新潟	10	398	高知	1	187
富山	6	150	福岡	3	259
石川	3	205	佐賀	1	98
福井	0	152	長崎	2	214
山梨	5	129	熊本	2	241
長野	23	286	大分	5	182
岐阜	2	235	宮崎	1	124
静岡	9	253	鹿児島	0	209
愛知	10	349	沖縄	0	63
三重	9	194			

・残存数 306 体
（2002 年 11 月現在「香川県親善人形の会」調べ）
・配布数 11,970 体
（1927 年当時、渋沢資料館資料）
※日本の植民地であった朝鮮、台湾、樺太、関東州への配布数 319（または 321）体。
※外務本省分、1,212 体

このペッギィちゃんが、戦争《せんそう》の谷間をぬけて、ほほ笑みをたたえて元気であったとのニュースが伝わったころから、日本全国《ぜんこく》各地《かくち》に贈《おく》られた〝青い目の人形〟が全部《ぜんぶ》で一万一千九百七十体のうち、三百六体が残っていたという調査《ちょうさ》もされ、日本からも*答礼《とうれい》人形がアメリカに贈《おく》られていたことなどが分かってきたのです。

こうした人形使節《しせつ》について、調査《ちょうさ》を進《すす》めてきたのは、甲府《こうふ》市の小学校の石丸阿武子先生たちで、愛好《あいこう》グループに呼《よ》びかけて、東京で再会《さいかい》の展示会《てんじかい》も企画《きかく》されたようです。

昭和の年代《ねんだい》から平成へと移《うつ》った年の夏、日本に残っていた九十一体の〝青い目の人形〟の里帰りの計画が社団法人国際文化協会《しゃだんほうじんこくさいぶんかきょうかい》（石田博英会長）より呼びかけられました。

夏休み中のことでしたが、八月二十一日にアメリカへ里帰り、東京から旅立《たびだ》つとの知らせがあり、大隈小学校では、急《いそ》いで子どもたちが登校《とうこう》して、手紙や人形の絵をかいたり、

＊答礼人形＝お礼《れい》にアメリカに贈《おく》った人形。

日の丸の旗やアメリカの星条旗を作ったりして、ペッギィちゃんの*壮行会《そうこうかい》を行いました。

このときの伊佐校長先生は、平成元年《がんねん》九月二日発行の『学校通信』に、ペッギィちゃんの写真の横に、次のような言葉を添《そ》えています。

――大隈小学校のお友だちのやさしい気持《きも》ちや、いままで私を大事《だいじ》にかわいがってくださった皆《みな》さんのことを、私の生まれたアメリカのお友だちにおつたえしてきます。

私が帰ってくるまで、まっててネ。

里帰りのスケジュールの記録《きろく》をみると、

一九八九年　九月十一日＝横浜《よこはま》そごうにおいて壮行会《そうこうかい》

十月二日＝キャピタル子供博物館《こどもはくぶつかん》でオープニングセレモニー

十月二日～十八日＝ワシントンのキャピタル子供博物館

＊壮行会＝みんなで励《はげ》まして送《おく》ってあげる会《かい》。

二十四日～二十九日＝ニューイングランドのダートマス子供博物館

十一月四日～十二日＝ロスアンゼルス

十八日～二十五日＝サンフランシスコ～広報《こうほう》センター

このようなプランのもとに六十二年ぶりの里帰りをしたペッギィちゃんは、明《あ》けて平成二年（一九九〇）二月十四日、大隈小学校の子どもたちの出迎《でむか》えを受《う》けて帰ってきました。

アメリカに残っている答礼人形の所在地

州　名	答礼人形	州　名	答礼人形
ワシントン州	ミス徳島	インディアナ州	ミス島根
オレゴン州	ミス福岡	オハイオ州	ミス岐阜
カリフォルニア州	ミス台湾		ミス沖縄
ネバダ州	ミス和歌山		ミス大阪府
アイダホ州	ミス奈良	ケンタッキー州	ミス富山
モンタナ州	ミス石川	アラバマ州	ミス岩手
ワイオミング州	ミス山梨	ノースカロライナ州	ミス香川
コロラド州	ミス新潟	サウスカロライナ州	ミス埼玉
ニューメキシコ州	ミス山口	ジョージア州	ミス名古屋
ノースダコタ州	ミス岡山		ミス山形
サウスダコタ州	ミス鳥取	マサチューセッツ州	ミス京都府
ネブラスカ州	ミス三重		ミス大分
カンザス州	ミス宮城	コネチカット州	ミス神戸
アイオワ州	ミス北海道	ニュージャージー州	ミス大阪市
ミズーリ州	ミス静岡	デラウェア州	ミス樺太
アーカンソー州	ミス京都	メリーランド州	ミス広島
ウイスコンシン州	ミス茨城	ワシントン D.C	ミス大日本
ミシガン州	ミス秋田	ニューヨーク州	ミス長崎

個人所有のもの
・ミス宮城　・ミス福島　・ミス島根　・ミス青森　・ミス関東州　※氏名不詳

58 体のうち、個人所有を含めて 44 体の残存が確認されている（2002 年 11 月現在）
ロージー・スキルズ氏（JADE）の資料により「香川親善人形の会」作成データによる。

そのあと、校長を務《つと》めた豊福英之先生へ、のちに大統領《だいとうりょう》となった、当時、アーカンソー州知事《しゅうちじ》ビル・クリントンさんより届《とど》けられた一通の手紙があります。

――あなたの学校が行なった、アーカンソー州の住人《じゅうにん》ペッギィ・ヘイグッドに対《たい》するお心づかいに感謝《かんしゃ》いたします。ペッギィは多くの集会《しゅうかい》に参加《さんか》しましたが、その中の一つの集会で、彼女《かのじょ》は特別《とくべつ》の話題《わだい》となり、ハイライトを受《う》けました。私は日本の学校のはからいに尊敬《そんけい》と感謝を申し上げます。私は州知事として、アーカンソー州の教育《きょういく》に見習《みなら》うべき改善点《かいぜんてん》などがあることを知りました。そして外国の文化《ぶんか》を理解《りかい》することは現在《げんざい》の国際関係《こくさいかんけい》において非常《ひじょう》に重要《じゅうよう》です。彼女をとおして、日本の生活様式《ようしき》の多くを学ぶことができました。あなたがペッギィを、あなたの学校で、また、あなたの国で、アット・ホームに受《う》け入れていただいたことに感謝いたします。

また、豊福校長先生は、次のような一通の手紙も、クリントン州知事の便りと一緒に、スクラップブック*に大切につづっています。

――新聞で、昭和二年に、日本へ青い目の人形使節《しせつ》として贈《おく》られてきたペッギィちゃんの記事《きじ》を読みました。私はその当時、神戸市《こうべし》の小学校に勤務《きんむ》していました。私の学校でも、青い目の人形使節が贈られ、講堂《こうどう》で歓迎式《かんげいしき》を盛大《せいだい》に行ないました。

*スクラップブック＝新聞《しんぶん》や雑誌《ざっし》の記事《きじ》などを切《き》り抜《ぬ》いて、貼《は》り付《つ》けたノート。

歌を歌うなど、今も当時のことを思い出します。私は六年生の担任《たんにん》で、アメリカへ御礼《おれい》の手紙を、子どもと一緒《いっしょ》に送ったことも……。その後、戦争《せんそう》となり、軍《ぐん》の命令《めいれい》で、ほとんどが焼《や》き捨《す》てられたなかで、ひそかにまぬがれた人形があったとは――。私も兵隊《へいたい》として、戦地《せんち》を転々《てんてん》としました。終戦後《しゅうせんご》、郷里《ふるさと》の福岡《ふくおか》へ戻《もど》り、今では卒寿《そつじゅ》九十の＊齢《よわい》、身体《からだ》は弱りましたが、ペッギィちゃんの記事を見て、嬉《うれ》しくなり筆《ふで》をとりました。

村谷芳一
豊福校長先生机下《きか》

そのあと、村谷先生の便りでは、神戸の学校へ贈《おく》られた青い目の人形は、＊空襲《くうしゅう》で、校舎《こうしゃ》もろとも焼失《しょうしつ》したとのこと、しかし、それには一首《いっしゅ》の歌が添《そ》えられていました。

〝教え子と共《とも》に唄《うた》いぬアメリカの人形使節《にんぎょうしせつ》の遠き思い出〟

また、マツエ先生が思いをこめて持《も》ち帰った実家《じっか》の弟さんの妻《つま》敏子さんの便《たよ》りには――

――ペッギィちゃんの、里帰りの式に思いがけなくお招《まね》きを頂《いただ》きまして有難《ありがと》うございました。ペッギィちゃんも久《ひさ》しぶりに母校に帰り、かわいい子どもさんたちのよろこびの声にかこまれて、これからにぎやかに暮《く》らすことが出来《でき》、どんなにかよろこんでいるかと思います……。

＊齢＝年齢《ねんれい》。
＊空襲＝飛行機から爆弾《ばくだん》を落《お》とし攻撃《こうげき》すること。

母国《ぼこく》アメリカへ里帰りもできたペッギィちゃんは、大隈小学校の子どもたちの元気な「おはよう！」「さようなら」といったあいさつのことばにほほ笑み続《つづ》けられる毎日となりました。平成二十五年（二〇一三）七月二十日から九月一日までは、嘉麻市碓井《うすい》平和《へいわ》祈念《きねん》館《かん》での、〝子どもたちと戦争展《せんそうてん》〟へ出ることになりました。

実は、この年の春、招《まね》かれて、嘉麻市の役所《やくしょ》に入った玄関横《げんかんよこ》の掲示板《けいじばん》で、〝子どもたちと戦争展〟のポスターが、私の目にとまったのです。

日の丸の小旗《こばた》を手《て》に手に、＊出征《しゅっせい》の兵士《へいし》を送る婦人会《ふじんかい》、そして子どもたちの写真《しゃしん》。

「この夏、戦争について考えてみませんか」

「語り、伝える、戦争の話」

＊出征＝戦地へ行くこと。

「子どもたちと戦争展」ポスター
（2013年7月20日〜9月1日）

コーディネーター・青山英子さんとの関連《かんれん》イベント。

その左横に、大隈小学校所蔵《しょぞう》「青い目の人形」のあどけない金髪《きんぱつ》の女の子の写真……。

なぜ、このポスターに、青い目の人形が……その疑問《ぎもん》が、このペッギィちゃんの物語を書きたくなった理由《りゆう》です。

「この町の小学校に、アメリカからの青い目の人形が、戦争《せんそう》の時代《じだい》をこえて保存《ほぞん》されていたとは――」

私を案内《あんない》してくださった教育委員会《きょういくいいんかい》の小林係長《かかりちょう》さんが教えてくれました。

私は初《はじ》めて聞いたのです。このことはもっと多くの子どもたちに話し、伝えておきたいとも考えるようになりました。あのきびしい戦争の時代に、若い女の先生の思い、考えに感動《かんどう》させられました。用件《ようけん》を終《お》えたところで、このペッギィちゃんに面会《めんかい》を願《ねが》いました。

そのことを、毎月連載《れんさい》している新聞の*コラムに、次のように書《か》きました。


八月七日、嘉麻市再度訪問《さいどほうもん》。念願《ねんがん》の平和祈念館へ。アメリカ生まれの青い目の人形ペッギィちゃんに面会《めんかい》。衣裳《いしょう》に歳月《さいげつ》を感《かん》じながらも、平和を祈念《きねん》する可愛《かわい》い瞳《ひとみ》。軍部《ぐんぶ》の焼却命令《しょうきゃくめいれい》を*しのびず、若い女の先生の*匿《かくま》いで、生命《いのち》びろいの人形。今では、国際平和《こくさいへいわ》のお守《まも》り人形。この可愛いペッギィちゃんの物語を絵本にできたらとも考える。

すると、「このコラムを読みました。実は、私の学校にも〝青い目の人形〟を保存しています」と、八女市《やめし》矢部村《やべむら》の私のところへ訪《たず》ねてこられた校長先生がいらして、名刺《めいし》を出されました。

〝久留米《くるめ》市立《しりつ》城島《じょうじま》小学校長　森永謙二〟（平成二十五年当時）

「ああ、城島小学校にも＊健在《けんざい》でしたか……」、「天窓舎《てんそうしゃ》」と称《しょう》する私の書斎《しょさい》に校長先生を招《まね》き、城島小学校での〝青い目の人形〟のいきさつを伺《うかが》いました。

＊健在＝もとのままの姿《すがた》で、残っているようす。

祈りの8月…平和の輪を

祈りの８月がスタートした。終戦記念日の15日に向け、平和を祈るイベントが筑豊各地でも繰り広げられる。集中豪雨で大きな被害を受けた飯塚市などの被災地では復興に向けた歩みも続く。平和を願い、復興を祈る心の輪が広がる。

平和企画展で展示される青い目の人形「ペッギィちゃん」

嘉穂町初企画

戦争くぐり抜けた米製人形 「ペッギィちゃん」展示

平和について考える企画展「いま　平和を～一人一人が平和への思いを語ろう～」が五日から、嘉穂町大隈町の夢サイトかほで開かれる。イラク戦争など世界で紛争が続く中、あらためて平和に対する問題意識を高めてもらおうと同町教委が初めて企画した。入場無料。十七日まで。

メーンの展示コーナーでは、一九二七年に米国から同町の大隈小に贈られた青い目の人形「ペッギィちゃん」を展示する。ペッギィちゃんは戦時中の四三年、全国各地に贈られた他の青い目の人形と同様に〝敵性人形〟として焼却処分命令が出されたが、当時の女性教師の手で救われた。八八年に四十五年ぶりに同小に戻り、保管されていた人形を今回の企画展の〝目玉〟として展示することになった。

また、同町大隈の画家香椎敬介さんが戦時中のフィリピンの収容所での生活を版画で表現した作品と、甘木市の鶴瀬久八さんがシベリア抑留体験を油絵と石彫で描いた作品の計約四十点も展示される。

5日から 夢サイトかほ 原爆詩朗読や絵画展も

会場内の図書館で、平和や戦争に関する本約五百冊をまとめて展示し、貸し出す。会場内の千羽鶴コーナーでは、来館者に千羽鶴を折ってもらい、企画展が終了後、長崎市の平和公園へ贈る。

同町の朗読サークルが八日午後七時から、女優の吉永小百合さんの原爆詩朗読と同じように、原爆詩を朗読する。作品は「娘よ、ここが長崎です」などを編集した「第二楽章～長崎から～」。企画展の担当者は「さまざまな展示やイベントを通じて、平和の尊さを訴えたい」と話している。問い合わせは夢サイトかほ＝0948（57）0080。

西日本新聞（2003 年 8 月 1 日掲載）

平和《へいわ》を紡《つむ》ぐ、青い目の人形「ペッギイちゃん」

嘉麻《かま》市立《しりつ》嘉穂《かほ》小学校長　福永　貴義
（平成二十七年当時）

平成二十六年四月に五つの学校が統合《とうごう》して、新しい嘉穂小学校が開校《かいこう》しました。統合した五つの学校の一つに、大隈小学校があります。

昭和二年に、大隈小学校へ米国《べいこく》からの友好《ゆうこう》の架《か》け橋《はし》として、ペッギイ人形がおくられました。青い目をしたペッギイ人形は、アメリカで＊排日運動《はいにちうんどう》が高まった昭和初期《しょき》、滞日経験《たいにちけいけん》のある宣教師《せんきょうし》シドニー・ルイス・ギューリックさんが「世界の平和は子どもから」と全米《ぜんべい》に訴《うった》え、昭和二年三月のひなまつりにあわせて日本へ送ってこられました。当時の大隈小学校では、この人形の盛大《せいだい》な受け入れ式を行い、大切に大切にしていました。

その後、人形は、＊日米開戦《にちべいかいせん》とともに「敵国文化《てっこくぶんか》」の汚名《おめい》をきせられ、処分《しょぶん》するように命令《めいれい》されました。

＊排日運動＝日本人《にほんじん》や日本製品《にほんせいひん》をしりぞける運動《うんどう》。
＊日米開戦＝太平洋戦争。

しかし、当時の大隈小学校の先生らに大切に保管《ほかん》されて生き延《の》びることができました。そして、平和な世の中になった時、再《ふたた》び大隈小学校へ戻《もど》ることになりました。

日米の友好関係《ゆうこうかんけい》を再構築《さいこうちく》するため、平成二年に「日米親善《にちべいしんぜん》ペッギィ人形帰国歓迎国際交流会《きこくかんげいこくさいこうりゅうかい》」が開催《かいさい》されるなど、米国と大隈小学校の交流がペッギィ人形によって、続いています。

現在、嘉穂小学校のメモリアルホールには、日米の友好のシンボルであるペッギィ人形が展示《てんじ》され、ホールを訪《おとず》れる方々にとっては当時の様子《ようす》を思い出し懐《なつ》かしさを感《かん》じられるようになっています。

ペッギィ人形と一緒《いっしょ》に、アメリカの国の木であるハナミズキも送《おく》られました。

ハナミズキもペッギィ人形と同じように戦時中《せんそうちゅう》に切られたり焼《や》かれたりしました。戦争が終わり、日本の桜《さくら》がアメリカのワシントンにおくられて百年が経《た》ったのを記念《きねん》し、ハナミズキを贈《おく》る米国のプロジェクトが立ち上がりました。その際《さい》、ペッギィ人形の

ご縁《えん》をいただき、友好《ゆうこう》の絆《きずな》を深める取り組みとして、開校元年《かいこうがんねん》にハナミズキが本校に寄贈《きぞう》され、米国領事館《りょうじかん》をお招《まね》きして植樹式典《しょくじゅしきてん》を開催《かいさい》しました。

また、「平和の思い　朗読《ろうどく》・音楽劇《おんがくげき》～青い目の人形によせて」と題《だい》し戦争《せんそう》をテーマとした公演《こうえん》を行いました。公演は、朗読《ろうどく》の間に合唱《がっしょう》を織《お》り交ぜた五部構《こう》成《せい》で、ペッギィ人形の数奇《＊すうき》な運命《うんめい》を紹介《しょうかい》していきました。これは、嘉麻市の戦争記録《せんそうきろく》を基《もと》に平成二十三年に飯塚市《いいづかし》のNPO法人《ほうじん》が行った朗読公演のワークショップで作られた朗読劇を再編成《さいへんせい》した朗読・音楽劇です。大隈小学校に残る青い目の人形の逸話《いつわ》をもとに随所《ずいしょ》に地元の戦争の記録《きろく》を織《お》り交《ま》ぜながら、戦争と平和を考えていきました。

このように、ペッギィ人形のご縁《えん》をいただき平和をテーマとした様々《さまざま》な取り組みを展開《てんかい》することができています。このような営《いとな》みを大切にし、今後も嘉穂小学校の伝統《でんとう》の礎《いしずえ》にしていきたいと考えています。

＊数奇＝運命のめぐりあわせ、または運命に波乱《はらん》が多《おお》いこと。

心をつなぐ友情人形ものがたり

久留米市の城島小学校の、当時の森永《もりなが》校長先生から「参考《さんこう》の資料《しりょう》になれば……」と言われ、次のような絵本を見せていただきました。

『心をつなぐ友情《ゆうじょう》人形ものがたり』　「ミス宮城《みやぎ》」里帰り記念《きねん》

文・絵＝さいとう　としこ

発行日《はっこうび》　二〇〇三年五月二十日　発行人《はっこうにん》　斉藤俊子

この絵本には、宮城県《みやぎけん》の学校に贈《おく》られた青い目の人形のうち、戦争《せんそう》が終わってから見つかった八つの人形が、それぞれの場所《ばしょ》で助けられた様子《ようす》が語られていました。

学校の暗《くら》い押入《おしい》れの中に。先生の家に。お寺の本堂《ほんどう》の棚《たな》に後ろ向《む》きに。戦争中にいじめられ、髪《かみ》の毛をむしりとられ、服《ふく》も着ておらず、ただ靴《くつ》をはいているだけの人形……。戦争が終わって二年ほどたったある夜、学校が大火事《おおかじ》になったとき、「あぶない！」と助《たす》け出された人形も……。

日本に贈られた青い目の人形のお返《かえ》しに、アメリカの子どもたちへ「クリスマス」に間にあうようにと、日本の子どもたちがお小遣《こづか》いを出し合って、美しい花模様《はなもよう》の振袖《ふりそで》に紅《あか》い帯《おび》のりっぱな＊市松《いちまつ》人形に、「ミス宮城」といったように県の名前をつけて、長崎《ながさき》では「瓊子《たまこ》」という人形が、アメリカへ贈《おく》られたことも分かりました。

さて、戦争中、日本から贈られた人形はいじめられたのだろうか。そうではなく、アメリカの博物館《はくぶつかん》にきちんと飾《かざ》りつけられて、つぎのようなプレートをつけていたというのです。

＊市松人形＝おかっぱ頭、振り袖姿の女の子の人形。

「今は戦争をしているけれども、日本人みんなが悪いわけではないのです。

この人形は、アメリカと日本の子どもたちの友情のしるしです」

戦争中にも「ミス宮城」を大切に可愛がっていたというマーガレット・コルベットさんは、一度は日本へ里帰りをさせてあげようと思いたち、七十六年ぶりに日本に来て、青い目の人形たちと顔を合わせた日のことなどを語ってくださいました。絵本には、「仲《なか》よくしようね。やさしい心をなくさないように……。世界中《せかいじゅう》が平和《へいわ》で、幸《しあわ》せに暮《く》らせるように――」と、むすばれていました。


もう一冊は、『あやと青い目の人形』という絵本物語。

サブタイトルは、「ナガサキで被爆《ひばく》した少女の物語」。

発行日　二〇〇三年八月九日　発行所　クリエイティブ21

長崎の国際文化会館《こくさいぶんかかいかん》（原爆資料館《げんばくしりょうかん》）の館長《かんちょう》を勤《つと》められた松永照正《まつながてるまさ》先生のご本です。

「日本軍《にほんぐん》の真珠湾攻撃《しんじゅわんこうげき》」「アメリカのヒロシマ・ナガサキへの＊原爆投下《げんばくとうか》」などを、たがいに非難《ひなん》しあったりしていたら、本当に、平和への力となり得《う》るだろうか、未来に生きる子どもたちがより分かり合えるためにとの熱い思いから、この物語を書かれたのです。

さて、この物語は、戦争中の子どもが、当時は国民《こくみん》学校の児童といった時代の、姉の「あや」と弟の「浩二《こうじ》」の、空襲警報下《くうしゅうけいほうか》の暮《く》らし、少ない食べ物、防空壕《ぼうくうごう》への出入り、そんな大変な様子から始まります。

＊原爆＝破壊の力が大きい、核分裂反応《かくぶんれつはんのう》を使用《しよう》した爆弾《ばくだん》。
＊国民学校＝戦前の小学校《しょうがっこう》のよびかた。

ある日のこと、あやは、お母さんがこっそりしまっている古い一つの箱を見つけました。ふたをとってみると、金髪の青い目の人形が入っています。

「このお人形さん、いったい何なのかしら」

お母さんは　小学校の先生でした。アメリカから、日本とは仲良くしましょう……と贈《おく》られたお人形のメアリちゃん。戦争になって、敵《てき》の人形は焼《や》き捨《す》てるようにと、校庭《こうてい》に捨てられていたのをこっそり持ち帰って、箱にしまいこみ、押入れの中にかくしていたのです。しかし、戦争はひどくなり、昭和二十年八月六日、ヒロシマへ原爆投下《げんばくとうか》、続《つづ》いて九日、ナガサキへも、午前十一時二分。

その日、あやは父と家を出て、絵を習《なら》う先生の所《ところ》へ出かけていました。そこで「ピカッ」、地球《ちきゅう》が裂《さ》けたかのような「ドドドーン」と爆発音《ばくはつおん》。あやは危《あぶ》ないところで助《たす》かります。やがて父が駈《か》けつけ、様子《ようす》を見に家に戻《もど》ると、母と弟の浩二は炎《ほのお》にまかれ……亡《な》くなっていました。「焼けあとに、お前のものがあったよ」、父が背負《せお》い袋《ふくろ》の中から取り出した黒焦《くろこ》げの箱からは、すすで黒くなった金髪《きんぱつ》、焦《こ》げた洋服《ようふく》。あやはメアリを抱《だ》きしめました。

その後、あやは原爆の後遺症《こういしょう》のためにずいぶん苦労《くろう》します。

月日が過《す》ぎて、あやは元気をとりもどし、父と共に、メアリを膝《ひざ》において、亡くなった母、弟のお墓《はか》へ手を合わせ、秋の日ざしがやわらかにあたりを照《て》らし、小鳥が木立でさえずっていましたと、お話はむすばれています。

ミス長崎

長崎瓊子《ながさきたまこ》

続いて読んだのは、『長崎瓊子《ながさきたまこ》――里帰りの記録《きろく》』

発行日《はっこうび》＝二〇〇四年三月二十日
発《はっ》　行《こう》＝「ミス長崎」里帰り実行委員会
発行人《はっこうにん》＝片岡千鶴子　編集人《へんしゅうにん》＝山下昭子
事務局《じむきょく》＝長崎新聞社内文化部《ぶんかぶ》

「長崎瓊子を知っていますか？」

その一言から、日米人形交流、瓊子の消息探《しょうそくさが》しが始まり、そして里帰り運動《うんどう》へ発展《はってん》し、その成果《せいか》が〝あとがき〟には詳《くわ》しく書かれています。記者《きしゃ》の昭子さんは、武庫川《むこがわ》フォートライト・インスティチュート日本文化《にほんぶんか》センター館長《かんちょう》の高岡美知子さんへ問い合わせます。

高岡さんはのちに、「八月八日深夜《しんや》、ファックス十ページ、未知《みち》の方から受《う》けとった」と、語られていますが、心を動《うご》かされたのでしょう、「パズルを解《と》くように」人形の所在確認《しょざいかくにん》に乗《の》りだされたのです。

長崎新聞の平和《へいわ》の企画《きかく》として、「海を超《こ》えた人形たち～戦争《せんそう》の世紀《せいき》を見つめて～」の記事《きじ》が高岡さんに届《とど》き、これがきっかけとなって、北米《ほくべい》ニューヨーク州《しゅう》ロチェスター科学博物館《はくぶつかん》に「ミス青森」として所蔵《しょぞう》されている市松《いちまつ》人形が、高岡美知子さんのさまざまな写真《しゃしん》との調査《ちょうさ》の結果《けっか》、「ミス長崎」である「長崎瓊子」だということが、八月十五日に確《かく》認《にん》されたのです。

そこで、長崎新聞社では文化部が中心となって、里帰りプロジェクトが構想《こうそう》されます。高岡さんの紹介《しょうかい》で所蔵《しょぞう》されている博物館への交渉《こうしょう》など。ここで考えさせられるのは、戦時《せんじ》中《ちゅう》における両方《りょうほう》の人形の保存《ほぞん》のあり方、その対応《たいおう》の違《ちが》いです。日本では、軍《ぐん》の命令《めいれい》へ忠実《ちゅうじつ》に従《したが》うばかりでした。なかには、校長先生や、他《ほか》の先生方によってこっそり匿《かくま》われることもありましたが……。一方《いっぽう》、アメリカでは、博物館で美術品《びじゅつひん》として保管《ほかん》されていたのです。

そこで、山下昭子さんは文化部記者として、七十五年も前にはるかに海を越《こ》えてアメリカへと渡《わた》っていった答礼《とうれい》人形、「長崎瓊子」さんの暮《く》らす町、ロチェスター市を訪《たず》ねられます。その時の訪問《ほうもん》記事に「おしゃれな家々が立ち並《なら》び、芝庭《しばにわ》はたっぷりとしたスペース。家と家の境界《きょうかい》は背《せ》の低《ひく》い植《う》え込《こ》みか草花。日本のように塀《へい》による仕切《しき》りは見当たらない。ガクアジサイや大根《だいこん》の花、スズランの花が夜の闇《やみ》の中にほんのりと香《かお》ってくる。なんだか絵本の中を歩き回っている錯覚《さっかく》……。」

この記事からも山下昭子さんの「瓊子に会いたい。そして必《かなら》ず里帰りを実現《じつげん》させよう」という熱意《ねつい》が伝《つた》わってくるのでした。

こうして、「米博物館保管《べいはくぶつかんほかん》の答礼人形・里帰り実行委員会《じっこういいんかい》が発足《ほっそく》〝平和を考える〟県民運動《けんみんうんどう》へ・友好《ゆうこう》の歴史《れきし》を子供たちに」――と、平成十四年（二〇〇二）七月十四日付の長崎新聞は、トップ記事として掲載《けいさい》しています。

この活動《かつどう》への募金《ぼきん》も始まっていきますが、支援《しえん》の輪《わ》は大きく広がり、一口千円、長崎郵《ゆう》便局《びんきょく》が成功《せいこう》を願って受付《うけつけ》を始めます。ライオンズクラブも街頭募金《がいとうぼきん》、十八銀行社会開発振《じゅうはちぎんこうしゃかいかいはつしん》興基金《こうききん》からの助成金《じょせいきん》。

平成十五年二月十六日の新聞に、「お帰り、長崎瓊子さん、七十五年ぶり故郷《ふるさと》へ」と、ソウル経《けい》由《ゆ》で日本の空港《くうこう》に到着《とうちゃく》したことが掲載《けいさい》されました。それから、長崎市内の浜屋《はまや》デパートで、「里帰り展《てん》」が開幕《かいまく》し、初日《しょにち》で三千人の来場者《らいじょうしゃ》を迎《むか》えました。米ニューヨークから博物館長《はくぶつかんちょう》のケイト・ベネットさんも付添《つきそ》いで来訪《らいほう》し、感謝《かんしゃ》の言葉を述《の》べました。

里帰り展は、長崎市内から佐世保《させぼ》、平戸《ひらど》、島原《しまばら》と、約《やく》一月半かけて巡回《じゅんかい》しました。各《かく》会場は、感動《かんどう》した五万人もの人々であふれました。

「新聞で見たときから感動、会ってまた感動！　旅《たび》に出ても長崎を忘《わす》れずにネ。永《なが》く生きられるよう」

（妹《いもうと》鶴子とおなじ名《な》の山里つるさんの感想《かんそう》）

「あの戦時中《せんじちゅう》に、こうして幾《いく》つかの人形を保存《ほぞん》していた人がいたとは驚《おどろ》きである――。平和《へいわ》のありがたさを今《いま》はつくづく感《かん》じ、子どもたちが二度《にど》とこういう悲惨《ひさん》な目にあわないことを祈《いの》る……」

（佐世保市・江口辰四朗氏の感想《かんそう》）

「大切に七十五年間も保存《ほぞん》していただいたことに、とても感謝し感動しています。リトルメリーも私たちもよろこんでいます。私たちは〝折《お》りづる〟を折りました。瓊子《たまこ》の妹〝鶴子《つるこ》〟の鶴、そこには世界《せかい》が平和であることと、世界中が仲良《なかよ》く交流《こうりゅう》することを願っています。どうぞ、ロチェスターの皆《みな》さんも、私たちといっしょに、〝折りづる〟を折ってみてください」

（島原の子どもたちよりのメッセージ）

このような手紙を添《そ》えて、長崎瓊子が渡ったアメリカの街《まち》へ届《とど》けられたことも紹介《しょうかい》されています。折りづるは、なんと七千羽。

また、この企画《きかく》に寄《よ》せられた募金《ぼきん》、*協賛助成金《きょうさんじょせいきん》は、話合いの結果《けっか》、カンボジアという国で「タマコ・スクール」という学校の建築費《けんせつひ》として使われることになりました。

思いがけないところで
思いがけずに
巡《めぐ》り合えた嬉《うれ》しさに
愛《いと》しさ込《こ》めて　抱《だ》きしめました
あなたは瓊子　平和の使者《ししゃ》
黒い瞳《ひとみ》に　秘《ひ》められた時の流《なが》れを
語り継《つ》いでいきましょう
今　あなたと

つだけいこさんの作詞《さくし》に、園田鉄美さんの作曲《さっきょく》で、このような〝絆《きずな》〟のうたも、それぞれの会場で、歌われています。

『長崎瓊子・里帰りの記録《きろく》』を読みながら、〝青い目〟と〝黒い瞳〟のお人形によって織《お》りなされた平和への祈《いの》りを、多くの友へ語り継《つ》ぎたい思《おも》いから紹介《しょうかい》しました。

＊協賛助成金＝事業《じぎょう》や催《もよお》し物《もの》などが成功《せいこう》するように、協力《きょうりょく》・援助《えんじょ》するためのお金《かね》。

このような青い目の人形をめぐっての記録《きろく》や物語、答礼使節《とうれいしせつ》としてアメリカへ渡《わた》っていった長崎の瓊子、鶴子のような黒い瞳の人形の記録にふれ、さらに、私たちの福岡県《ふくおかけん》にも健在《けんざい》の青い目の人形、その後のいきさつ、消息《しょうそく》も書きとめておきたいと考えるようになりました。

長崎瓊子里帰り島原展
4/3(木)
~8(火)
島原城観光復興記念館
日米交流人形
「長崎瓊子《たまこ》」
～ニューヨーク州ロチェスター市科学博物館より～
75年ぶりの里帰り
島原第一小学校に現存する
青い目の人形「リトル・メリー」と共に
2003年春
島原城内にて一般公開展示。
昭和二年、日米間の心の架け橋として行われた
人形交流。
戦火を生きのびた平和の使者「長崎瓊子」、
そして「リトル・メリー」に託された
両国民の平和への思い……
今ここに…

ルースちゃん

―可也《かや》小学校（福岡県糸島市《ふくおかけんいとしまし》）―

嘉麻《かま》市のペッギィちゃんが生命《いのち》びろいをしたいきさつについては、最初《さいしょ》に書きましたが、そのことからわかった糸島《いとしま》市の可也《かや》小学校のルースちゃん、久留米《くるめ》市の城島《じょうじま》小学校のシュリーちゃん、これらのお人形のことを記録《きろく》しておきたいと思うようになりました。

そこで平成二十六年六月十三日、ルースちゃんの可也小学校を訪《たず》ねることになりました。

青葉若葉《あおばわかば》が美《うつく》しい頃《ころ》、可也富士《かやふじ》とも呼《よ》ばれる山が遠くに見える糸島市にあるこの小学校で、子どもたちは静《しず》かに学習中でした。青い目の人形ルースちゃんは、校長室で私たちを待《ま》っていてくれました。

それから、西村千恵美校長先生（当時）は、このルースちゃんのことが書かれた、放送《ほうそう》用ドラマの台本コピー一冊《いっさつ》、それにカリフォルニア州から来訪《らいほう》した当時に書かれた児童《じどう》の歓迎《かんげい》の綴《つづ》り方《かた》（作文）などを、応接台《おうせつだい》のテーブルに広げて見せてくれました。

私が、まず手に取ってみたのは、文章《ぶんしょう》がカタカナ書《が》きの「一ネン（年）　関《せき》　皐月《さつき》」さんの作文です。しかし、ちゃんと自分の姓名《せいめい》は漢字《かんじ》で書いていることに驚《おどろ》きました……。

――ルースサン　アナタハ　ヨクトホ（お）イトコロカラキマシタネ、ワタシタチハ　ルースサンヲムカヘ（え）テ　ミンナ　ヨロコンデ　ガクゲイクワイ（会《かい》）ヲイタシマシタ、ルースサンヲミンナデカワイガリマセウ（しょう）

昭和二年、〝夕焼小焼《ゆうやけこやけ》の　あかとんぼ　負《お》われて見たのは　いつの日か……〟こんな童《どう》謡《よう》が唄《うた》われていた時代の可也小学校の一年生の作文です。

次に読んでみたのは、尋常科《じんじょうか》四年生、山鹿健治君《やまがけんじくん》の「ルースさんの歓迎会《かんげいかい》」です。

――七月二十三日の暑《あつ》くるしい第《だい》三時間目《じかんめ》、勇《いさ》ましい＊呼集《こしゅう》ラッパの合図で全校《ぜんこう》六百名の私たちはルースさんの歓迎の場所である講堂《こうどう》に入った。誰《だれ》の顔もにこにこして居《い》る。正面《しょうめん》には、美しい＊万国旗《ばんこくき》がひらひらと涼《すず》しくはりまわされた中に日の丸の旗とアメリカの旗とが仲《なか》よく手をとりむすんで居《い》るのが目立って見える。

ルースさんはその下で日本のおひなさんやたくさんの人形にとりまかれてにぎやかなお迎《むか》へを受けてある。

私は校長先生から、ルースさんが日本の人たちと仲よくあそびたいため、あの広い広い太平洋《たいへいよう》の大波《おおなみ》を渡《わた》ってこの学校にお出《いで》なさったことをきかされて大へんうれしく思ひ（い）ました。私はルースさんには、なつかしいお母さんやお父さんもあることと思ひ（い）ます。それにこんな淋《さび》しい所へこられたのですから、さぞ淋しいことやかなしいことがあることと思ひ（い）ます。けれどもアメリカの少年少女諸君《しょくん》に対比《たいひ》してルースさんにそんな心持《こころもち》のおこらないや（よ）うにしなければすまないと思ひ（い）ました。私たちはルースさんをなぐさめるために盛大《せいだい》な学芸会《がくげいかい》をいたしました。それはそれは大へん面白《おもしろ》いものでございました。ルースさんは言葉がちがふ（う）からよくわからなかったことでせう（しょう）。それからアメリカの少年少女の人に歓迎会のようすを写真《しゃしん》にとって送られることになりました。

＊呼集＝人々《ひとびと》を呼《よ》び集《あつ》めること。
＊万国旗＝さまざまな国《くに》の旗《はた》をロープに繋《つな》げたもの。

『昭和史全記録《しょうわしぜんきろく》』（毎日新聞社）を取りだして、当時の時代背景《じだいはいけい》を見ます。

――一月十七日、秩父宮殿下《ちちぶのみやでんか》と同船《どうせん》してアメリカ生まれの「青い目の人形」三百体が九の木箱《きばこ》に保管《ほかん》されて到着《とうちゃく》。大正《たいしょう》十三年排日法《はいにちほう》で日本の＊移民《いみん》の道《みち》が閉《と》ざされたのを親日家《しんにちか》ギューリック博士《はかせ》が日米の絆《きずな》を切るなと人形の使節《しせつ》を送りはじめ、一万二千七百九十三体が全国《ぜんこく》小学校に（太平洋戦争《たいへいようせんそう》の開始《かいし》で人形も「＊鬼畜米英《きちくべいえい》」の戦意高揚《せんいこうよう》のため破壊《はかい》されたものが多く現存《げんぞん》するのは六百十三体）。十一月四日、アメリカの青い目のお人形に対《たい》する答礼《とうれい》として、十日《とおか》横浜港出帆《よこはまこうしゅっぱん》の天洋丸で渡米《とべい》する日本のお人形の送別会《そうべつかい》は、秋雨煙《あきさめけむ》る四日午後一時から、日本国際親善会主催《こくさいしんぜんかいしゅさい》の下《もと》に神宮外苑《じんぐうがいえん》の日本青年館で行なわれた。

＊移民＝異《こと》なる国《くに》や異《こと》なる地域《ちいき》へ移《うつ》り住《す》むこと。
＊鬼畜米英＝戦争中《せんそうちゅう》、敵国《てっこく》であったアメリカ合衆国《がっしゅうこく》とイギリスのことを「鬼畜《きちく》」と呼んでいた。

さて、その当時の可也小学校の子どもたちの「青い目人形歓迎」の作文からくみとられる、あどけない思いからそれて、その後、時代の雲ゆきは暗《くら》くなり、ついに昭和十六年十二月八日、日本とアメリカが開戦《かいせん》するのです。真珠湾《しんじゅわん》の奇襲《きしゅう》、マレー半島上陸《はんとうじょうりく》と、緒戦《しょせん》は戦意高揚《せんいこうよう》でした。しかし、一年後には、日本軍はミッドウェー海戦《かいせん》で主艦隊《しゅかんたい》を失《うしな》い、敗戦《はいせん》のかげがしのびよることになるのです……。

「欲《ほ》しがりません　勝《か》つまでは――」こんな標語《ひょうご》が町並《まちな》みの店先にも貼《は》られるようになり、「学校では敵国《てっこく》の英語《えいご》はいらない」と文部省《もんぶしょう》から使用禁止《しようきんし》になりました。それからは、学生が*学徒動員《がくとどういん》されたり、国民《こくみん》は竹槍訓練《たけやりくんれん》をさせられていました。
日米友情《にちべいゆうじょう》の証《あか》しであったはずの人形たちも、「敵性《てきせい》人形」「仮面《かめん》の親善大使《しんぜんたいし》」「敵国《てっこく》のスパイ」などと言われるようになり、配布《はいふ》された青い目の人形を焼却処分《しょうきゃくしょぶん》するように命令《めいれい》が出て、小学校も取《と》り調《しら》べをされるといった険悪《けんあく》な状況《じょうきょう》に襲《おそ》われるようになったのです。

＊学徒動員＝学生《がくせい》や生徒《せいと》を工場《こうじょう》などで強制的《きょうせいてき》に働《はたら》かせたこと。

当時、ルースちゃんのいた可也小学校では、吉村清校長先生が青い目の人形の処理《しょり》に悩《なや》んで、眉《まゆ》をひそめて腕《うで》を組んでいました。そのような状況《じょうきょう》の中、なんとこの学校には、ルースちゃんを迎《むか》えたときに歓迎のお祝《いわ》いの言葉を述べた生徒たちの一人が、先生となって赴任《ふにん》していたのです。この頃のことについて、後の校長古川千年先生は、一篇《いっぺん》のドラマとして脚本《きゃくほん》を書かれています。

――子どもたちには人形は突《つ》かせません。私が一人でルースを突きます。歓迎会で迎えた牧田《まきた》が自分自身《じぶんじしん》の手でルースを突いたと、親たちにも村びとにも知らせてください。ルースが処分《しょぶん》されたと知れば、*官憲《かんけん》からこの可也小《かやしょう》が守《まも》られることになりましょう。最後《さいご》に校長先生、処分する前に子どもたちが書いているこの歓迎の綴《つづ》り方《かた》（作文）を読んでみてください。

これは、ルースの処分を決意《けつい》する校長室の、青年教師《せいねんきょうし》牧田健太の言葉です。

＊官憲＝警察関係者。

さて、時代は、昭和十八年、校庭《こうてい》の桜《さくら》の花も咲きこぼれた頃から、＊戦局《せんきょく》はいよいよ深刻《しんこく》になっていきます。ガダルカナル島からの撤退《てったい》や、山本五十六《やまもといそろく》連合艦隊司令官《れんごうかんたいしれいかん》のソロモン上空での戦死《せんし》など……日本の戦局《せんきょく》は暗《くら》く、敗色《はいしょく》の色が深《ふか》くなりつつある頃のことです。

可也小学校の校庭では、青い目の人形ルースが竹竿《たけざお》に吊《つ》るされていました。金髪《きんぱつ》の、いつもと変《か》わらないあどけない青い目のルースです。

竹竿の下の方には火が燃《も》やされています。用意《ようい》された九本の竹槍《たけやり》。刺《さ》し手は選《えら》ばれた男の子たち九人。そこへ最上級生《さいじょうきゅうせい》たちの声です。

「敵国《てっこく》、アメリカの人形は刺し焼《や》き捨《す》てろ！」

「スパイ人形は壊《こわ》せ！」

「突け！」

そこへ突然《とつぜん》、

「だまれ！　おまえたちはこの人形の心が分からないのか！　たった一人で太平洋《たいへいよう》を渡《わた》ってこの可也《かや》の学校へ来て、今、泣《な》いているルースが分からないのか！」

牧田先生が竹槍を手にしています。

「私がやる。おまえたちには突かせない」

と叫《さけ》び、竹竿に吊るされたルースの前に出ました。

朝礼台《ちょうれいだい》の上に立った吉村校長。その横には教頭先生がいて、合図を出します。

「一……。二……。三……。」

生徒《せいと》が号令《ごうれい》に声を合わせます。全校生徒も先生たちも、声が緊張感《きんちょうかん》を帯《お》びてきました。

＊戦局＝戦《たたか》いの状況《じょうきょう》。

「四、五、……」

歓迎式の日から、ルースを大事にしてきた毎日が目に浮《う》かびます。

「六、七、……」

子どもたちの顔色がしだいに変わってきています。嗚咽《おえつ》の声が漏《も》れだしました。

「八……、九……」

「十……」の声が出る直前《ちょくぜん》、吉村校長の突然の声です。

「やめ！」

その声に、牧田青年教師《せいねんきょうし》は夢《ゆめ》から覚《さ》めたような気になって、竹槍を下ろし、周囲《しゅうい》を見回しました。そこには、涙《なみだ》をこぼす子どもたちの顔です。嗚咽《おえつ》の声も耳にします。そこへ、吉村校長は再度《さいど》、

「終わり！」

「処分式《しょぶんしき》は終わりです。歓迎式で迎《むか》えた牧田先生の手によってルースは処分されました。このことをしっかり胸《むね》の奥《おく》にしまって、外で口にしてはいけません。さあ、みんなこれで解散《かいさん》！」

ぼうぜんと立つ牧田先生の前を校長先生は通り過《す》ぎ、吊るされたルース人形を降《お》ろし、先生たちを前にして――、

「私にはルースの声が聞こえた。平和を望《のぞ》む切《せつ》なる声が……。人形に罪《つみ》はない。そして、子どもにも罪はない。純粋《じゅんすい》な子どもたちの気持《きも》ちを大人の都合《つごう》によって汚《けが》すことはできない。牧田先生、子どもの心は純粋《じゅんすい》だな……。私もようやくあのときの子どもたちの純粋な

心に触《ふ》れることができた。あのようなルース歓迎の作文があったことを初《はじ》めて知った。
ルースは君《きみ》に託《たく》されるべきだ。この作文といっしょに人の目にふれぬ場所《ばしょ》へ。そしてそれは決《けっ》して口にするな。今日のことはみな心の奥底《おくそこ》にしまいこもうではないか。ルースのことはこの長い可也校《かやこう》の歴史《れきし》から消《き》えたのだ。賢明《けんめい》な可也小の先生たち。これで終了《しゅうりょう》。」

そして、昭和二十年（一九四五）八月十五日を迎《むか》えることになり、天皇陛下《てんのうへいか》の*玉音放送《ぎょくおんほうそう》で終戦《しゅうせん》となりました。その後、アメリカ戦艦《せんかん》ミズーリ号《ごう》では、日本政府《せいふ》の*降伏調印《こうふくちょういん》が行われました。

それから三十数年、わが国は敗戦《はいせん》の混乱《こんらん》から復興《ふっこう》へ、さらに高度成長《こうどせいちょう》へと向《む》かうことになります。

昭和五十四年、可也小学校も新しく校舎《こうしゃ》を改築《かいちく》することになりました。裁縫室《さいほうしつ》の取《と》り壊《こわ》し工事《こうじ》の時です。突然天井《とつぜんてんじょう》から、木箱《きばこ》の中の奇妙《きみょう》な人形や、色褪《いろあ》せた作文の束《たば》が落《お》ちてきたのです。

「あっ、これが話には聞いていた青い目の人形だ」

しかし、当時のことをなぜか詳《くわ》しく語ろうとする者《もの》はいませんでした。

その後、昭和六十年代《ねんだい》に入って、全国《ぜんこく》でもあちこちで「青い目の人形」の発見《はっけん》が話題《わだい》となり、新聞記事に見られるようになりました。

このようにして、糸島の可也小学校を訪《おとず》れたルースの運命的《うんめいてき》なドラマは、年老《としお》いた牧田先生が、孫《まご》のゆりさんの誘《さそ》いで学校参観《さんかん》をすることでフィナーレとなります。

＊玉音放送＝ラジオで放送《ほうそう》された、昭和天皇《しょうわてんのう》による戦争終結宣言《せんそうしゅうけつせんげん》。
＊降伏調印＝日本《にほん》の無条件降伏《むじょうけんこうふく》を正式《せいしき》に文書《ぶんしょ》で認《みと》めること。

――一人の老人《ろうじん》が、ルースの箱の入ったケースの前にたたずんでいます。校長先生も教頭先生も、他《ほか》の先生たちも、この老人がルースを匿《かくま》った牧田先生とは知らないのです。老人はじっとルース人形を見つめています。

教頭先生《きょうとうせんせい》「牧田さん、六年生の教室は真《ま》ん中の棟《とう》の二階《にかい》ですよ」

牧田先生「もうちょっと、この人形を見てみたいと思いまして……」

教頭先生「そうでしたか。箱の前には、昭和二年、歓迎会をしたときの子どもの作文もありますよ。どうぞ、ご覧《らん》になってください」

牧田先生「あのときの作文……。すっかり日に焼《や》けて焦《こ》げ茶色になっている……」

ルースちゃんの歓迎式。あのとき、一生懸命《いっしょうけんめい》に作文を書いた日のこと……。そして戦争《せんそう》、亡《な》くなった妹……。ルースの数奇《すうき》な運命《うんめい》、思い出が牧田先生の頭のなかに＊走馬灯《そうまとう》のように駆《か》け巡《めぐ》るのです。ひとり屋根裏《やねうら》に潜《ひそ》んでいなければならなかった三十八年という年月が……。

しかし、その後、昭和六十二年（一九八七）十二月六日の新聞記事には、ルース人形が六十年ぶりにカリフォルニア州ビスター市のサンタフェ・カリフォルニアスクール（小学校）へ里帰りをしたと紹介《しょうかい》されています。このとき、日本人形可也《かや》ちゃんが一緒《いっしょ》に同伴《どうはん》して、同校へ贈《おく》られることになりました。

＊走馬灯のように＝次々と回るように記憶《きおく》が思いだされること。

「ルースちゃん」と子どもたち

糸島《いとしま》市《し》立《りつ》可也《かや》小学校長　西村　千恵美
（平成二十七年当時）

平成二十七年で創立《そうりつ》百四十一年という長い歴史《れきし》を誇《ほこ》る可也小学校。その中で、子どもたちの成長《せいちょう》を長く見守《みまも》り続《つづ》けてきたのが、青い目の人形、「ルースちゃん」です。今年で米寿《べいじゅ》（八十八歳）を迎《むか》えました。どの時代《じだい》においても、子どもたちの純粋《じゅんすい》さややさしさ、平和《へいわ》を願う心と深くつながっていました。

昭和二年、平和の大使《たいし》＊としてはるばるアメリカのカリフォルニア州からこの可也小学校にやって来た「ルースちゃん」。町をあげての歓迎会《かんげいかい》が盛大《せいだい》に行われました。その時の子どもたちの作文が、原文のまま残《のこ》されています。どの作文からも、当時の子どもたちが、「ルースちゃん」を自分の妹のようにとても愛《いと》しく感《かん》じていたことが熱《あつ》く伝《つた》わってきます。

＊大使＝使い。

そんな中、太平洋戦争《たいへいようせんそう》が勃発《*ぼっぱつ》し、「ルースちゃん」に対《たい》して、敵国人形《てっこくにんぎょう》として処分命令《しょぶんめいれい》が出されます。しかし、この時、それを阻止《そし》したのが、他《ほか》でもない、あの時作文を書いた子どもの一人でした。

大人《おとな》になって教師《きょうし》として可也小学校に赴任《ふにん》していたのです。もちろん、周《まわ》りの人々が陰《かげ》ながら厚《あつ》い人情《にんじょう》で支《ささ》えたことも大きかったのでしょう。

本校《ほんこう》では、一年に一度、子どもたちはその話を担任《たんにん》の先生から聞きます。そして、校長室前《こうちょうしつまえ》にやさしく微笑《ほほえ》む「ルースちゃん」に、「いつも見守《みまも》ってくれてありがとう」と声をかけるのです。子どもたちとそんな強い絆《きずな》で結《むす》ばれている「ルースちゃん」です。

＊勃発＝急《きゅう》に事件《じけん》などが起《お》きること。

「ルースちゃん」が教えてくれること

糸島市《いとしまし》立《りつ》可也《かや》小学校長　松本　茂

今も校長室前で、可也小学校の子どもたちを優《やさ》しいまなざしで見守《みまも》るルースちゃん。子どもたちは、ルースちゃんから多くのことを学んでいます。

可也小学校では、平和学習《へいわがくしゅう》の中で、ルースちゃんのことを取り上げていますが、六年生の社会科の歴史学習《れきしがくしゅう》でも詳《くわ》しく学んでいます。昭和二年、はるばるアメリカからやって来たルースちゃんを可也小学校の子どもたちも先生たちも大歓迎《だいかんげい》し、大切にします。ところが、戦《せん》争《そう》が始《はじ》まると一転《いってん》して「敵国人形《てっこくにんぎょう》」として、処分《しょぶん》されそうになるのです。この二つの事実《じじつ》から、子どもたちは、「戦争というものは、人の心も大きく変えてしまう、恐《おそ》ろしいものだ」と強く感じます。

そして、大きな葛藤《かっとう》の中、最後《さいご》には、ルースちゃんを守《まも》る道を選《えら》んだ校長先生と若《わか》い教師たち。当時の社会情勢《じょうせい》からして、このような行動《こうどう》をとることは、容易《ようい》なことでなかったということは言うまでもありません。このことが発覚《はっかく》すれば、どんなひどい仕打《しう》ちにあっていたかもわかりません。子どもたちは、この事実《じじつ》を知ることで、「人として大切なこと」「人としての生き方」を学んでいきます。

このように、ルースちゃんの存在《そんざい》は、教科書だけでは学べない、価値《かち》あることを子どもたちに教えてくれます。これからも、ルースちゃんは、可也小学校で学んだ子どもたちの心の中で、「平和と友《ゆう》好《こう》・親善《しんぜん》の使者《ししゃ》」であり続《つづ》けるのです。

シュリーちゃん

―城島《じょうじま》小学校（福岡県《ふくおかけん》久留米市《くるめし》）―

平成十五年（二〇〇三）八月、福岡県嘉穂町《ふくおかけんかほまち》では、「平和《へいわ》を考える企画展《きかくてん》」が生涯学習センターで開催《かいさい》されました。このニュースを知った城島町《じょうじままち》の教育長田島先生や、青い目の人形を保存《ほぞん》してきた元《もと》城島小学校長牟田口達朗先生は、「嘉穂のペッギィちゃんと対面《たいめん》して、そして平和の大切さを訴《うった》えておいで……」と、依頼《いらい》しました。世界大戦《せかいたいせん》を乗《の》り越《こ》えて、七十五年ぶりの対面となりました。

八月十日の西日本新聞は、「城島町の人形は押し入れの奥《おく》に隠《かく》され難《なん》を逃《のが》れた。名前を覚《おぼ》えている人はいないという」と記事にありますが、「その後、学校のみんなで話し合って、シュリーちゃんと呼ぶことになりました」とは、当時の校長の森永謙二先生のお話です。

この城島のシュリーちゃんは、戦争《せんそう》の後にも、昭和二十八年の筑後川《ちくごがわ》大水害も体験《たいけん》し、洋服《ようふく》がずぶ濡《ぬ》れになりボロボロになっていました。そこで、女の先生たちが考え選《えら》んで、涼《すず》しげな帽子《ぼうし》、半袖《はんそで》の洋装《ようそう》に着替《きが》えて、ペッギィちゃんと面会《めんかい》するために嘉穂町に出かけたということでした。

ふたりが仲良《なかよ》く並《なら》んだ記念写真《きねんしゃしん》は、ご覧《らん》のように、ほほ笑ましく、そして「平和」の有《あり》難《がた》さに心あたたまる思いに包《つつ》まれてきます。

青い目の人形―友情《ゆうじょう》の人形

城島小学校の青い目の人形は昭和二年（一九二七）にアメリカから親善大使《しんぜんたいし》として、日本の子どもたちに贈《おく》られた一万二千体の中の一つです。戦前《せんぜん》までは、＊作法室《さほうしつ》の高い三角《さんかく》棚《たな》の上に飾《かざ》られていました。

人形は、日本ではまだ珍《めずら》しい洋服《ようふく》を着ていました。そればかりか、抱《だ》き起《お》こすとつぶっていた目を開《あ》けながら、声を出す仕掛《しか》けになっていること、人形の目が青かったことなど、子どもにとってはすべてのものが珍《めずら》しく新鮮《しんせん》なものでした。

昭和十六年、アメリカと戦争が始まり、学校にも焼夷弾《しょういだん》が落とされそうになりました。敵国製品《てっこくせいひん》の排斥運動《はいせきうんどう》も活発《かっぱつ》になり、見つかれば焼却《しょうきゃく》される状況《じょうきょう》になりました。そのため、青い目の人形は重要書類《じゅうようしょるい》とともに箱詰《はこづ》めにされ、押入れの隅《すみ》に片付《かたづ》けられました。そして、緊急時《きんきゅうじ》には、いつでも運《はこ》び出せるようにしていました。

戦争が終わると盗難予防《とうなんよぼう》と＊進駐軍《しんちゅうぐん》の検査《けんさ》を逃《のが》れるために、裁縫室《さいほうしつ》の押入れにミシンなどと一緒《いっしょ》に厳重《げんじゅう》に包《つつ》んで、鍵《かぎ》をかけて隠《かく》しました。そのため没収《ぼっしゅう》から逃《のが》れることができました。青い目の人形は、校舎《こうしゃ》の建《た》て替えを機《き》に応接室《おうせつしつ》の三角棚に飾られました。

ただ、昭和二十八年の水害《すいがい》では、水浸《みずびた》しになったためドレスも、着替《きが》えも、下着《したぎ》もぼろぼろになってしまいました。その後、ぼろぼろの洋服ではかわいそうだということになり、職員《しょくいん》の手で新しい洋服に着替えさせてもらいました。

昭和二年から平和《へいわ》のシンボルとして、ほほ笑みを絶《た》やさない《青い目の人形》は、一番見たくない戦争を経験《けいけん》し、恐《おそ》ろしい水害も体《たい》験《けん》しました。

しかし、今でもほほ笑みを絶やさず、私たちに平和の尊《とうと》さを教え続けています。きっと、これからも変わらないでしょう。

（元城島小学校教諭　鶴岡　節子）

＊作法室＝礼儀《れいぎ》を学《まな》ぶ部屋。
＊進駐軍＝戦争後《せんそうご》に残った他の国の軍隊《ぐんたい》。

「青い目の人形」再《ふたた》び、城島小学校へ

久留米《くるめ》市立《しりつ》城島《じょうじま》小学校長　池松　康子

昭和二年に日米親善友好《にちべいしんぜんゆうこう》の願いを込《こ》めて贈《おく》られた友情人形は、福岡県《ふくおかけん》では、三体しか残されていません。その貴重《きちょう》な一体が、城島小学校のシュリーちゃんです。シュリーちゃんが保管《ほかん》されていた木箱《きばこ》の裏《うら》には、「寄贈《きぞう》　米国世界児童親善会《せかいじどうしんぜんかい》　昭和二年三月二十二日着《ちゃく》」との墨書《ぼくしょ》があり、当時の「青い目の人形」であることを証明《しょうめい》しています。

しかしながら、当時送《おく》られてきたであろうパスポートは、戦禍《せんか》や筑後川《ちくごがわ》大水害で不明《ふめい》となったようです。そこで、平成十六年に代表委員会《だいひょういいんかい》で、名前は「シュリー」ちゃんと名付《なづ》けられました。城島町《じょうじままち》は酒造《さけづく》りが有名《ゆうめい》ですから、「酒《しゅ》の里《り》」が命名《めいめい》の由来《ゆらい》と記録《きろく》されています。

さて、城島小学校では、総合的《そうごうてき》な学習《がくしゅう》の時間や道

徳の学習で、シュリーちゃんを生きた教材《きょうざい》として、子ども達は、多くのことを学んでいます。友情人形に込《こ》められたギューリックさん達の日米友好《ゆうこう》の想《おも》い、戦禍《せんか》から友情人形を守られた当時の先生方の平和への願《ねが》いなど、歴史の重みを感じながら、城島小学校の宝《たから》として、大切にしています。

そのような中、ギューリック三世さん（お孫《まご》さん）からの「新《しん》友情人形を城島小学校へ贈《おく》りたい」という驚《おどろ》きの申《もう》し出《で》が、彼《かれ》の友人である芳野元さんから伝《つた》えられました。きっかけは、元《もと》城島小学校長の牟田口達朗先生が、日米の友情人形交流について、「友情人形物語」として郷土誌《きょうどし》にまとめられ、芳野元さんを通して、ギューリック三世さんに届《とど》けられたことです。芳野さんによりますと、ギューリック三世さんは、その物語を読まれ、当時の友情人形を守《まも》り抜《ぬ》き、今も大切にしている

城島小学校に感激《かんげき》をされ、さきの申《もう》し出をされたということでした。

本校では、このような奇跡《きせき》的《てき》な巡《めぐ》り合わせに心から感謝《かんしゃ》し、新《しん》友情人形贈呈式《ぞうていしき》を行いました。平成二十七年十月二十八日、芳野さんご夫妻《ふさい》が、ギューリック三世さんから預《あず》かられた新友情人形を手に本校にお越《こ》しいただきました。久留米市教育委員会《きょういくいいんかい》や地域《ちいき》のご来賓《＊らいひん》のご臨席《＊りんせき》の下《もと》、シュリーちゃんと全児《ぜんじ》童《どう》・全職員《ぜんしょくいん》で新友情人形をお迎えしました。

そして、芳野さんより六年生の児童代表《じどうだいひょう》へ、新友情人形を手渡《てわた》ししていただきました。

新友情人形の名前はジーニーちゃん。城島の頭文《かしらも》字《じ》「J《ジェイ》」にちなみ、「ジーニーちゃん」とギューリック三世さんが名付《なづ》けられたそうです。金髪《きんぱつ》でかわいらしく、ギューリック三世さんの奥様《おくさま》手作りの洋服《ようふく》を身《み》に付《つ》けていました。パスポートも添《そ》えられ、有《ゆう》効期限《こうきげん》は、「Never《ネバー》（永遠《えいえん》）」と記《しる》されていました。

＊来賓＝招待《しょうたい》された方《かた》。
＊臨席＝出席《しゅっせき》していただくこと。

城島小学校に、アメリカから贈《おく》られた平和と友情の証《あかし》である貴重《きちょう》な友情人形が二体もあることの希有《＊けう》さと、人形達が伝えている想《おも》いや歴史の重みをしっかりと感じながら、学校の宝《たから》として一層《いっそう》大切にされることを願います。

＊希有＝とても珍《めずら》しいこと。めったにないこと。

ジェシカちゃんとの出会い

この『物語』の出版《しゅっぱん》の準備《じゅんび》をすすめているとき、北九州市小倉《きたきゅうしゅうしこくら》の福岡教育大学附属《ふくおかきょういくだいがくふぞく》小倉《こくら》小学校にも、「青い目の人形」が大切に守《まも》られていることを知りました。

そこで早速《さっそく》、出版社《しゅっぱんしゃ》の梓書院《あずさしょいん》　藤山明子《ふじやまあきこ》さん、それに森下駿亮《もりしたしゅんすけ》さんの車の運転で、小学校を訪《たず》ねてみることにしました。

六月十七日、梅雨空《つゆぞら》のもと、高速道路を走るそばには紫陽花《あじさい》のさわやかな青やピンクの花が目にとまり、ひどい雨にならず好日《こうじつ》となったことを喜《よろこ》びながら、学校に午前十時過ぎに到着《とうちゃく》しました。

内本郁美《うちもといくみ》教頭先生にお会いして、お話をいろいろと聞きました。

そこに、〝女性《じょせい》の地位向上《ちいこうじょう》を図《はか》る〟活動《かつどう》の『日本ＢＰＷ北九州クラブ』の会長をされていた松井明子《まついあきこ》先生もいらして、平成《へいせい》十五年（二〇〇三）に、この小学校に「ジェシカちゃん」が贈《おく》られたいきさつをうかがうことができました。

日本とアメリカは太平洋戦争《たいへいようせんそう》を体験《たいけん》した国として、「仲よく平和なお付き合いを」と願ったギューリックさんのお孫さんの手紙をここに紹介《しょうかい》しますので、いきさつを読み取ってください。

約《やく》七十五年前、私の祖父《そふ》のシドニー・ルイス・ギューリックは、アメリカの子どもたちが日本の子どもたちに一万二千もの友情の人形を送るという人形使節《しせつ》を始《はじ》めました。

そのお返《かえ》しとして、日本からはアメリカに立派《りっぱ》な親善《しんぜん》人形が送られてきました。日本とアメリカの人形たちは、二つの国々の子どもたちがより理解《りかい》を深《ふか》め、そしてお互《たが》いを尊重《そんちょう》しあう、という目的《もくてき》で送られました。

今、私たちは附属《ふぞく》小倉《こくら》小学校に新しい「友情の人形」を送ることができ、大変幸せです。七十五年前に太平洋《たいへいよう》を渡《わた》って人形が送られた時と同じ気持《きも》ちで、日米の子どもたちの友情の為《ため》にこの人形を送ります。

新しい「友情の人形」の名前はジェシカといいます。ジェシカちゃんのために、私の妻《つま》が、ナイトガウンと旅行《りょこう》カバンを作りました。ジェシカちゃんは自分のパスポートも持《も》っていきます。彼女《かのじょ》に会ったら親切な心で接《せっ》してあげて下さい。

ジェシカちゃんをかわいがって下さい。

2003年8月19日

シドニー・ギューリック3世

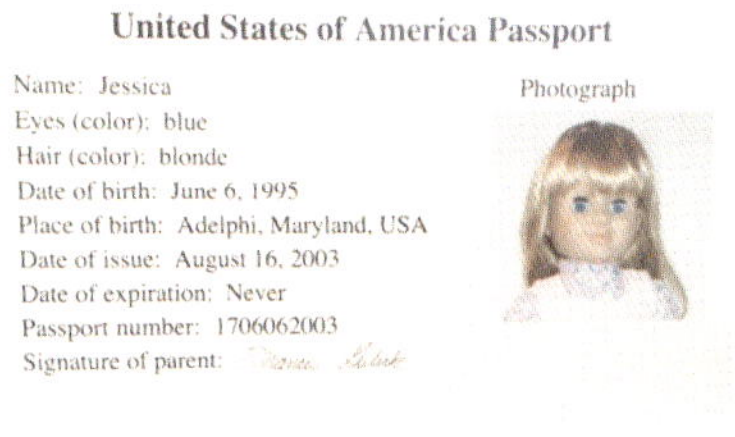
United States of America Passport

Name: Jessica
Eyes (color): blue
Hair (color): blonde
Date of birth: June 6, 1995
Place of birth: Adelphi, Maryland, USA
Date of issue: August 16, 2003
Date of expiration: Never
Passport number: 1706062003
Signature of parent:

Photograph

おわりに……

この『ペッギィちゃんの戦争《せんそう》と平和《へいわ》　青い目の人形物語』のフィナーレに、平成二十六年（二〇一四）四月、新設開校《しんせつかいこう》した嘉穂《かほ》小学校のメモリアルホールに移《うつ》ったペッギィちゃんが、戦後《せんご》七十周年《しゅうねん》も無事《ぶじ》に過《す》ぎ、「来日九十年の思い出ばなし」を語りましょうとの招待状《しょうたいじょう》を糸島《いとしま》・可也《かや》小学校のルースちゃん、久留米《くるめ》・城島《じょうじま》小学校のシュリーちゃんへ届《とど》けます。

そこで、三体の人形がそれぞれ語る「戦争と平和」のお話は、アメリカからはるばると太平洋《たいへいよう》を渡《わた》ってきたあれこれのこと……。いつの日にも、いつの時にも、「*慈愛《じあい》」の心を持つ人がいることを、多くのみなさんへ語りましょう。そして、嘉穂小学校の子《こ》どもたちが元気よく歌う校歌も聞いてみましょう……。

一　朝日輝く
馬見　屏　古処の山脈に
希望のこだま　ひびけよと
強き心は　嵐に耐えて
誠の道を　求めて学ぶ
嘉穂の子われら　瞳は澄めり
嘉穂の子われら　美しく

＊慈愛＝深い愛情。

二

みなもと深く
生まれし水は　嘉麻の川よ
大地を　うるおし拓く
遠き旅路は　響の灘へ
たゆまぬ愛の　水かさを
嘉穂の子われら　生命に汲みて
嘉穂の子われら　たくましく

三

緑の森に
さわやかな空　益富の
古城が語る　伝統に
未来を描く　学びの苑は
佳き師と共に　想いは高く
嘉穂の子われら　明日の世界に
嘉穂の子われら　美しく

作詞　椎窓　猛
作曲　平田　弥枝

「平和《へいわ》のエノキもり」によせて

絵本作家　長野ヒデ子

児童《じどう》文学者の長崎源之助《ながさきげんのすけ》先生は戦争体験《せんそうたいけん》をもとに平和を願う作品を多く書かれています。「焼《や》け跡《あと》の白鳥」「あほうの木」「えんぴつびな」や「ひろしまのエノキ」そして「汽笛《きてき》」などです。「汽笛」は中国から引き上げてこられた兵隊《へいたい》さんが長崎の病院《びょういん》に入院《にゅういん》。そこで兵隊さんと長崎原爆《げんばく》で被《ひ》ばくした入院中の子どもたちとの交流《こうりゅう》が書かれています。これは長崎先生の体験です。

長崎先生の戦争への怒《いか》りを、平和を願う思いを込めた作品は、読むものにその深い思いが伝《つた》わるのです。「汽笛」や、被ばくえのきの「ひろしまのエノキ」を読んだ、広島の中学生の国本由香《くにもとゆか》さんが長崎源之助先生にお手紙を出し平和を願う思いを伝えたのです。

国本さんは子どもにこの思いを伝える仕事《しごと》がしたいと、子どもの本の出版社《しゅっぱんしゃ》の仕事に就《つ》きました。そのことが始《はじ》まりで、作品に登場《とうじょう》する、広島の被ばくえのきの苗《なえ》を育《そだ》てて、小学校《しょうがっこう》に植《う》え、長崎先生の平和を願う思いを伝《つた》えていこうという運動《うんどう》が始《はじ》まりました。長崎先生を囲《かこ》む「よこはま文庫《ぶんこ》の会」が中心になり応援《おうえん》する方たちが現《あら》われて子どもたちに苗木《なえぎ》を育てることで、平和を願う心を育てようと始《はじ》まりました。

私は九州《きゅうしゅう》から転勤《てんきん》して横浜《よこはま》に住《す》むことになり、長崎先生から、「よこはま文庫の会」の

広島の被ばくえのきが植樹されたエノキもり
（2015 年、福岡県八女市矢部村）

活動《かつどう》や創作《そうさく》のことを始め、大事《だいじ》なことをいっぱい学ばせていただきました。

平和を願う心は、矢部村《やべむら》が世界《せかい》に平和をよびかける「平和の森」にしなければと、被ばくえのきの苗を分けていただき矢部村に植えたいと思いついたのです。

世界愛樹祭《せかいあいじゅさい》コンクールは木や森から平和を願う心を養《やしな》うことで始まったのですから、ぴったりです！

若いたくさんのボランティアの皆さんの協力《きょうりょく》で見事《みごと》に「平和のエノキもり」が生まれました。

私たちはこの被爆《ひばく》えのきのように二度《にど》と戦争《せんそう》がないように、子どもたちと共に平和も築《きず》いていかねば！

そのことをこの「エノキもり」が教えてくれているのですもの！

プロフィール

椎窓　猛（しいまど　たけし）　詩人
昭和4（1929）年福岡県矢部村生まれ。旧制八女中学より福岡第一師範学校へ。小学校教師をしながら詩・童話・小説を書き続ける。昭和45年にフクニチ児童文学賞受賞。矢部村教育長時代、“ふるさと創生事業”の一部を基に「世界子ども愛樹祭コンクール」を創始、現在、選考委員と特別相談役を務める。日本文藝家協会会員。福岡県詩人会会員。「九州文学」同人。

内田麟太郎（うちだ　りんたろう）　絵詞作家
昭和16（1941）年福岡県大牟田市生まれ。父は詩人内田博。大牟田北高等学校卒業。19歳にて上京。看板職人をしながら詩を書き始め、その後、児童書を書き始める。個性的な文体で独自の世界を展開。「さかさまライオン」（童心社）で絵本にっぽん大賞、「うそつきのつき」（文渓堂）で小学館児童出版文化賞、「がたごとがたごと」（童心社）で日本絵本賞を受賞。絵本の他にも、読み物、詩集など作品多数。

長野ヒデ子（ながの　ひでこ）　絵本作家
昭和16（1941）年愛媛県生まれ。絵本創作に紙芝居、イラストレーションなどの創作の仕事やエッセイや翻訳も。代表的な作品に「とうさんかあさん」（石風社／絵本日本賞文部大臣賞受賞）「おかあさんがおかあさんになった日」（童心社／サンケイ児童出版文化賞受賞）、「せとうちたいこさん・デパートいきタイ」（童心社／日本絵本賞受賞）、紙芝居に「ころころ じゃっぽーん」（童心社）、など紙芝居作品も多数。

ペッギィちゃんの戦争《せんそう》と平和《へいわ》　青《あお》い目《め》の人形物語《にんぎょうものがたり》

2017年7月20日発行

編　著　椎窓　猛
監　修　内田麟太郎
協　力　長野ヒデ子
発行人　田村志朗
発　行　㈱梓書院
〒812-0044 福岡市博多区千代3-2-1
電話　092-643-7075

印刷・製本 / シナノ書籍印刷

ISBN978-4-87035-610-8